तीली

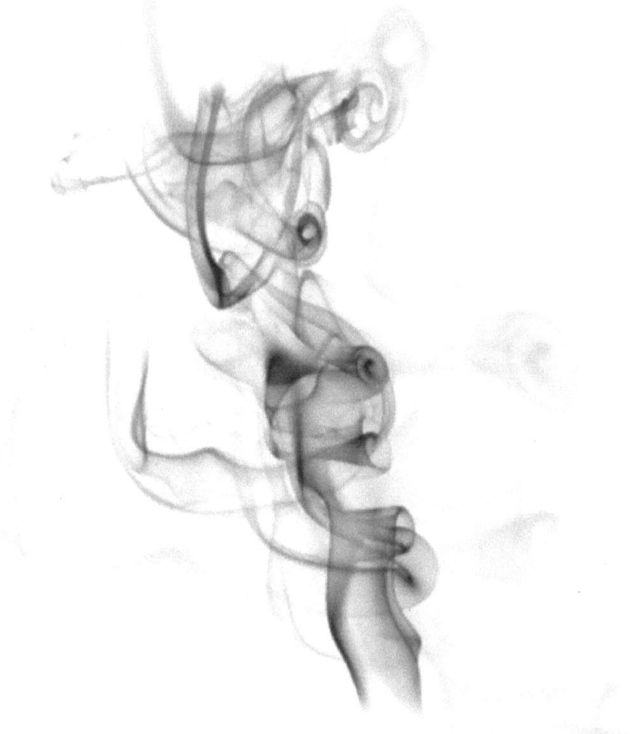

तेरी बेबाक ख़ामशी भी, हाय
शह्र में शोर मच गया होगा

तीली

शायरी

सुदेश कुमार मेहर

Anybook

पहला संस्करण : जनवरी 2018

ISBN : 978-93-86619-12-9

प्रकाशन Anybook
G - 248, 2nd Floor Sector - 63
Noida - 201301
Cell : 9971698930
E-mail contactanybook@gmailcom
Website wwwanybookorg

तीली: सुदेश कुमार मेहर

TEELI

A poetry collection by SUDESH KUMAR MEHAR

आवरण चित्र : Imagecurry Designs
पुस्तक सज्जा : Anybook

पता : B-11, SHUBH VIHAR COLONY ,
SHIVANAND NAGAR , SECTOR-3, RAIPUR,(CG)
Contact : 9752442906
Mail Id : sdshmhr0@gmailcom

इंतेसाब

मैं ये किताब अपने पिता जी
और माता जी को
को समर्पित करता हूँ

अन्य कृतियां

1 भूल जाना तुझे आसान तो नहीं
2 सुनिक्षा
3 उसे कह तो दूं
4 कभी यूं भी हो कोई वाक़या

ये कि ---

“शाइरी फ़र्ज़ है ईमाँ है मुझे, दिल भी है
मुझमें दाख़िल भी है ये मुझमें शामिल भी है”

ये एक बचपन की मुहब्बत सी है, लड़कपने की आशिक़ी सी और पहले और आख़िरी प्यार की सी भी तो हुनर या फ़न बड़ा जुदा मसला था. बात इश्क़ की थी सो ताउम्र ये सिलसिला सांसों के संग ही रहना है “तीली” इसी सिलसिले की कुछ साँसों की लड़ी है.
और फ़लसफ़ा यूँ भी कि

“इश्क़ ही जब जिया, इश्क़ सोचा नहीं
वो भी चाहे मुझे ये भी चाहा नहीं”

बस आप सबकी मुहब्बतों का तालिब हूँ और क्या बोलूँ

सुदेश कुमार मेहर

इशारिया

ग़ज़लें

नज़्में

चला आता है सन्नाटा दबे पांव
कहीं कुछ तो अयाँ छोड़ा है उसने

ग़ज़लें

फिर उसकी आँखों ने होठों से बच के कह डाला
मैं इश्क़ तुमसे ही करती हूँ और क्या बोलूँ

मैं बेक़रारी हूँ जल्दी हूँ और क्या बोलूँ
किसी के इश्क़ में तीली हूँ और क्या बोलूँ

तिरे जहाज़ का पंछी हूँ और क्या बोलूँ
मुहब्बतों की फ़क़ीरी हूँ और क्या बोलूँ

सिवा तुम्हारे कहीं भी मैं रच नहीं सकता
तुम्हारे हाथों की मेहँदी हूँ और क्या बोलूँ

फिर उसकी आँखों ने होठों से बचके कह डाला
मैं इश्क़ तुमसे ही करती हूँ और क्या बोलूँ

सवाल करती हुई उँगलियों से मैंने कहा
मैं तेरे नाम की तख़्ती हूँ और क्या बोलूँ

मुझे है इश्क़ उसी से मगर है सच ये भी
वो आसमां तो मैं धरती हूँ और क्या बोलूँ

न पूछ इतनी मुहब्बत मुझे है तुझसे क्यों
मैं इन हवाओं की मर्ज़ी हूँ और क्या बोलूँ

बिछड़ के तुझसे है इतना मिरा वजूद कि मैं
बग़ैर पानी के मछली हूँ और क्या बोलूँ

यक़ीं परछाई का अपनी दिलाकर
मिरे अन्दर गुमाँ छोड़ा है उसने

बस इतना दरमियाँ छोड़ा है उसने
कि रेतों पर निशाँ छोड़ा है उसने

न कहना उसको लेकिन सच यही है
किसी लायक़ कहाँ छोड़ा है उसने

यूँ तो छोड़ा मुझे तनहा ही लेकिन
कोई मुझमें निहाँ छोड़ा है उसने

लगा के इश्क़ की मुझ पर मुहर इक
खुला सा आसमाँ छोड़ा है उसने

जहाँ से लौटकर मैं आ न पाऊँ
मुहब्बत में वहाँ छोड़ा है उसने

यक़ीं परछाई का अपनी दिलाकर
मिरे अन्दर गुमाँ छोड़ा है उसने

चला आता है सन्नाटा दबे पांव
कहीं कुछ तो अयाँ छोड़ा है उसने

ख़मोशी को सिख़ाकर चहचहाना
मुझे अब बेज़बाँ छोड़ा है उसने

यूँ तो उर्दू मुझे बिलकुल भी नहीं आती है
पर तेरी आँखें बहुत डूब के पढ़ता हूँ मैं

ढल गईं शामें बहुत डूब के पढ़ता हूँ मैं
ग़म की बरसातें बहुत डूब के पढ़ता हूँ मैं

दिन के ये फेर समझ में नहीं आते मुझको
सुरमई रातें बहुत डूब के पढ़ता हूँ मैं

यूँ तो उर्दू मुझे बिलकुल भी नहीं आती है
पर तेरी आँखें बहुत डूब के पढ़ता हूँ मैं

अपनी ख़ामोश इबारत को बता देना तुम
अनकही बातें बहुत डूब के पढ़ता हूँ मैं

हाँ ! तेरा नाम मुझे याद नहीं रहता है
अपनी ही साँसें बहुत डूब के पढ़ता हूँ मैं

मेरी तस्वीर उकेरी है अभी पानी ने,
अक्स आयेगा मेरा अक्स दिखा दो उसको

कुछ तो कम कम सा हूँ ये नुक़्स बता दो उसको
मैं अधूरा हूँ अभी मुझमें मिला दो उसको

है गणित इतना ही मेरा कि मैं आसाँ हूँ बहुत
शून्य हो जाऊँगा मैं मुझसे घटा दो उसको

उन दिनों में वो ही था, मैं नहीं था कहीं भी
वो मेरा चेहरा है काग़ज़ पे बना दो उसको

पूछता है वो मेरे बारे में दुनिया से, तो,
इन हवाओं पे जो लिक्खा है पढ़ा दो उसको

मेरी तस्वीर उकेरी है अभी पानी ने,
अक्स आयेगा मेरा अक्स दिखा दो उसको

राह तारीक किसी की हो तो इतना कीजै,
गर दिया बुझता है कोई तो जला दो उसको

देख कर उसको मेरी साँसें चला करती हैं,
बात इतनी सी है ये जाके बता दो उसको

तुम्हारे शह्र की बेलौस बारिश ख़ूबसूरत है
तुम्हारे शह्र की बेबाक सर्दी इश्क़ है मेरा

ये जो तस्वीर आँखों में है ठहरी इश्क़ है मेरा
वो बाँए गाल पर तिल वाली लड़की इश्क़ है मेरा

कोई चेहरा जहाँ से झांकता है हुस्न का दर है
गली के मोड़ पर खुलती वो खिड़की इश्क़ है मेरा

उसे कह दूँ कि उसकी आँखों से मुझको मुहब्बत है
उसे कह दूँ कि उन होठों की सुर्ख़ी इश्क़ है मेरा

वो उसका देखना और फिर नज़रअंदाज़ कर देना
वो बेपरवाह सी नज़रों की मर्ज़ी इश्क़ है मेरा

तुम्हारे शह्र की बेलौस बारिश ख़ूबसूरत है
तुम्हारे शह्र की बेबाक सर्दी इश्क़ है मेरा

तुम्हारे नाम के इस पहले अक्षर से मुहब्बत है
तुम्हारे नाम की लिक्खी ये पर्ची इश्क़ है मेरा

उसे पहले पहल देखा था वो दिन खूबसूरत था
वो जो तारीख़ थी उस फ़रवरी की इश्क़ है मेरा

भरी दुपहरी में फैला है शोर यादों का
तुम्हारी अलग़नी पर हिचकियाँ हमारी हैं

मुआफ़ कीजिये गुस्ताख़ियाँ हमारी हैं
लबों पे आपके, ये तितलियाँ हमारी हैं

ये चैत का है महीना तुम्हारी याद भरा
कि इन दिनों बड़ी सरगर्मियाँ हमारी हैं

तुम्हारे होठों से कुछ राब्ते हैं गहरे से
तुम्हारी आँखों में दिलचस्पियाँ हमारी हैं

हर एक लफ़्ज़ है फीका, बहुत है बेस्वादा
बहुत लज़ीज़ ये ख़ामोशियाँ हमारी हैं

भरी दुपहरी में फैला है शोर यादों का
तुम्हारी अलग़नी पर हिचकियाँ हमारी हैं

सुनो सुदेश ! फिर इक बार कह मुझे आकर
मैं गुलमुहर के तने से निकल के आ जाऊं

कभी ग़ज़ल कभी गीतों में ढल के आ जाऊं
अगर कहे तो तुझे ख़ुद पे मल के आ जाऊं

तुम उस गुलाब की सूखी सी पंखुड़ी को छुओ
तो मैं किताब के पन्नों पे चल के आ जाऊं

सुनो सुदेश ! फिर इक बार कह मुझे आकर
मैं गुलमुहर के तने से निकल के आ जाऊं

है इंतज़ार उसी का मुझे तो सदियों से
अगर बुलाये वो, पलकों पे चल के आ जाऊं

ले गढ़ मुझे कोई पैकर अरूप सा कर दे
मुहब्बतों में तेरी मैं पिघल के आ जाऊं

अगर तुम्हारी इजाज़त मिले, तो जी ये है
तुम्हारे ख़्वाबों में थोड़ा टहल के आ जाऊं

अगर वो मिलता हो मरकर क़ुबूल है मुझको,
मैं अपने जीने की चाहत मसल के आ जाऊं

मैं सबके बीच में आ तो गया लेकिन न जाने क्यों
मैं सबके बीच से सहमा हुआ डरता हुआ निकला

कोई मुझमें मुसलसल सिलसिला भीगा हुआ निकला
कई कड़ियों तलक क़िस्सा मेरा रोता हुआ निकला

मुझे सबने तुम्हारे नाम से जब भी पुकारा है
तुम्हारे साये से मैं रूह तक लिपटा हुआ निकला

बहुत पटका किया जब सर तो हासिल था बस इतना ही
बढ़ी थी उम्र लेकिन मैं कहीं घटता हुआ निकला

धुएं के आसमानों से बुझी जाती इन आँखों को
तसल्ली है परिंदा कोई तो उड़ता हुआ निकला

मेरी उम्मीद को धड़का लगा था एक लम्हा जब
तेरे भीतर से मैं पूरी तरह मिटता हुआ निकला

मेरी मेहनत किसी दिन रंग लाई और मैं ख़ुश था फिर
ज़मीनें खोद लीं सबने तो मैं उखड़ा हुआ निकला

मैं सबके बीच में आ तो गया लेकिन न जाने क्यों
मैं सबके बीच से सहमा हुआ डरता हुआ निकला

मिटाता हूँ मैं अपने दुश्मनों की दुश्मनी यूँ भी
कोई जब वार करता है तो खंजर चूम लेता हूँ

मुझे जब याद तुम आते हो अक्सर चूम लेता हूँ
तुम्हारे नाम का पहला ये अक्षर चूम लेता हूँ

कई पिछली मेरी रातें यूँ गुज़री हैं कि उठ उठ कर
तेरे ख़त फिर से पढ़ता हूँ तो पढ़कर चूम लेता हूँ

तेरी आँखों को लिखकर बात कर लेता हूँ कागज़ पर,
तेरे होठों को लिख लेता हूँ लिखकर चूम लेता हूँ

मिटाता हूँ मैं अपने दुश्मनों की दुश्मनी यूँ भी,
कोई जब वार करता है तो खंजर चूम लेता हूँ

तेरे मिलने का लम्हा फिरता रहता है निगाहों में
मैं अक्सर जागते सोते वो मंज़र चूम लेता हूँ

तेरी तस्वीर भी ऐसे सिमट जाती है शरमाकर
कि जीता जागता जैसे मैं पैकर चूम लेता हूँ

जो लिक्खा है मेरी कॉपी, किताबों, रेत, पेड़ों पर
तुम्हारे नाम का पहला वो अक्षर चूम लेता हूँ

बिना तेरी रज़ा के लब तेरे छूता नहीं हूँ मैं
तेरी तस्वीर कहती है तो सुनकर चूम लेता हूँ

मैं पूरा ही नहीं होता मुसव्विर से कभी यारो
मेरे भीतर का इक बच्चा कहीं पर छूट जाता है

कभी बातें कभी लहजा कहीं पर छूट जाता है
मेरी ग़ज़लों में कुछ तुमसा कहीं पर छूट जाता है

मैं पूरा ही नहीं होता मुसव्विर से कभी यारो
मेरे भीतर का इक बच्चा कहीं पर छूट जाता है

कहानी इस दफ़ा फिर ख़त्म थी तेरे बिना जानां
तेरे मिलने का वो क़िस्सा कहीं पर छूट जाता है

मैं जब कहता हूँ मुझको इश्क़ तुझसे है मेरी जानां
मेरा जो सच है वो आधा कहीं पर छूट जाता है

मुझे अब दूसरे इस इश्क़ में मालूम हो पाया
वो जो अहसास था पहला कहीं पर छूट जाता है

घूर कर उसको देखना मेरा
मन तो मन है ललच गया होगा

मेरा तुझमें जो बच गया होगा
तेरी मेहँदी में रच गया होगा

मेरे होठों ने झूठ बोला था
मेरी आँखों से सच गया होगा

तेरी गलियों के ज़िक्र होते थे
ज़ख्म कोई खुरच गया होगा

तेरी बेबाक ख़ामशी से हाय
शह्र में शोर मच गया होगा

घूर कर उसको देखना मेरा
मन तो मन है ललच गया होगा

मेरे चेहरे से पढ़ लिया करना
कुछ तो होगा जो बच गया होगा

मुझमें ऐसा तो कुछ नहीं, शायद
उसको हाँ,ये ही जँच गया होगा

कितनी ही दफ़अ तो वो माँग चुकी है ख़ुद को
मैं उसे उसको जरा सा नहीं देने वाला

इश्क़ है इश्क़ दिलासा नहीं देने वाला
ये समंदर तो किनारा नहीं देने वाला

कितनी ही दफ़अ तो वो माँग चुकी है ख़ुद को
मैं उसे उसको जरा सा नहीं देने वाला

वो मुझे चाँद दिला दे या कि सूरज रख दे
मैं उसे इश्क़ का तारा नहीं देने वाला

मैंने जीती है जो दुनिया तू वो दुनिया ले ले
मैंने उस पर जो भी हारा, नहीं देने वाला

जिसका दुख है वो उसे पार करेगा ख़ुद ही
कोई दूजा तो सहारा नहीं देने वाला

इश्क़ है उसको अगर मुझसे ज़रुर आयेगा
मैं सदा उसको दुबारा नहीं देने वाला

चाँद से तेरी ज़िया पूछ के देखी मैंने
वो भी मुझको ये उजाला नहीं देने वाला

तेरी तस्वीर से क्या क्या न कीं बातें मैंने
तू भी चाहे तो ये लहजा नहीं देने वाला

इश्क़ छपा था चेहरे ऊपर
और घर घर अख़बार गये हैं

०

जिस्मों के जब पार गये हैं
तेरा मेरा हार गये हैं

अपने दुःख की खोजों में हम
सात समंदर पार गये है

उसकी आँखें चुपचाप रहीं
कितने चिट्ठी तार गये हैं

देख न पाये पोता-पोती
कितने ही इतवार गये हैं

तेरे होठों के सज़दों को
कितने ही कचनार गये हैं

इश्क़ छपा था चेहरे ऊपर
और घर घर अख़बार गये हैं

उन ही गलियों में खोना था
जिनमें हम सौ बार गये हैं

बारिशों को भी कभी भीग के महसूस करो
गिरती बूँदों पे मेरा नाम लिखा रहता है

एक राधा है जहां श्याम लिखा रहता है
क्या तेरा क्या मेरा बस नाम लिखा रहता है

बारिशों को भी कभी भीग के महसूस करो
गिरती बूँदों पे मेरा नाम लिखा रहता है

दरमियाँ अपने ये अहसास पढ़े हैं बरसों
कोई रिश्ता है कि बेनाम लिखा रहता है

ये हवायें हैं महकती हुई रेशा रेशा
चिट्ठियां हैं तेरी पैग़ाम लिखा रहता है

भीड़ में भी मुझे पहचान लिया जाता है अब
मेरे चहरे पे तेरा नाम लिखा रहता है

भीगी लकड़ी सा हूँ मैं मुझको जलाती क्यों है
मैं तुझे भूल चुका सामने आती क्यों है

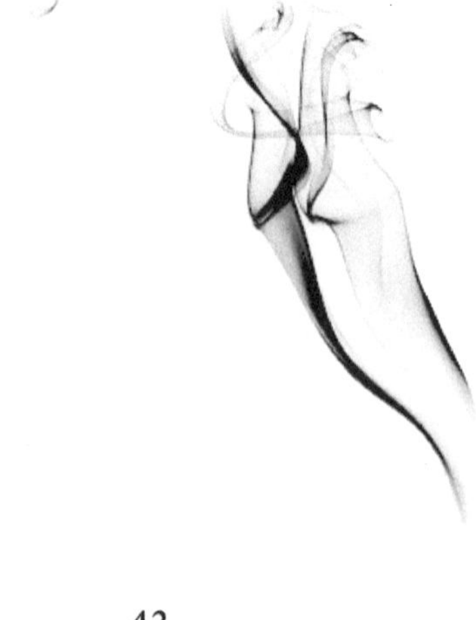

भीगी लकड़ी सा हूँ मैं मुझको जलाती क्यों है
मैं तुझे भूल चुका सामने आती क्यों है

जान लेने का तुझे शौक़ है तो ये भी बता
तू किसी ग़ैर की है मुझको बताती क्यों है

सीरियस तू नहीं ये मान लिया चल मैंने
देखने फिर मुझे तू चौक पे आती क्यों है

जाने क्या बात है दुनिया नहीं जाने देती
बांध के रखती है हमको यूँ बुलाती क्यों है

बोलो होंठों से कभी कान मेरे प्यासे हैं
अपनी आँखों से युंही शोर मचाती क्यों है

तेरी यादों ने बहुत प्यार से रक्खा है मुझे
कैसे गुज़री है मेरी शाम नहीं सोचा कर

लोग पढ़ लेंगे मेरा नाम नहीं सोचा कर
मेरे बारे में सरे-आम नहीं सोचा कर

साधना है ये, फ़क़ीरी की तरह होती है
इश्क़ करता है तो अंजाम नहीं सोचा कर

उसकी आँखों के ख़यालों से निकल भी बाहर
सुब्ह का वक़्त है ये जाम नहीं सोचा कर

तेरी यादों ने बहुत प्यार से रक्खा है मुझे
कैसे गुज़री है मेरी शाम नहीं सोचा कर

शाइरी सींचता रह अपने लहू से हरदम
मीर हो ,फ़ैज़ या ख़ैय्याम नहीं सोचा कर

क़द जो ऊँचा न हो तो फिर कोई दावा न करो
गर तू क़ाबिल नहीं इक़राम नहीं सोचा कर

कुछ न कुछ लोग तो कहते ही रहेंगे तुझको
राह सच की है तो इलज़ाम नहीं सोचा कर

जो मेरी रूह को छू भी नहीं सका अब तक
बहुत हुआ तो वो मुझसे क़बा ही लूटेगा

•

अगर नहीं हूँ मैं मुझमें तो क्या ही लूटेगा
तू मुझसे मेरी अधूरी गवाही लूटेगा

छिड़क गया है वो मुझपे मुहब्ब्तें सारी
ज़माना देखना मुझसे सियाही लूटेगा

जो मेरी रूह को छू भी नहीं सका अब तक
बहुत हुआ तो वो मुझसे क़बा ही लूटेगा

हम इंतज़ार में तूफां से कुछ नहीं कहते
कोई बहार का झोंका तबाही लूटेगा

सफ़र में इश्क़ के ये इश्क़ ही लुटेरा है
रपट लिखाई जो मैंने, सिपाही लूटेगा

मुहब्बतों में अलग ही निज़ाम होते हैं
कि मन्ज़िलें हैं मयस्सर जो राही लूटेगा

इस कदर भी न छुपा दिल की लगी दुनिया से
ये न हो मैं तिरे इनकार में आ जाऊं अब

•

सोचता हूँ मैं कि बाज़ार में आ जाऊं अब
ये तकाज़ा है तो किरदार में आ जाऊं अब

इक अना थी कहीं जिसने मुझे रोका वरना
पेट का कहना था दरबार में आ जाऊं अब

खनखनाहट है ज़रूरी कि तुम इक सिक्के हो
लोग कहते हैं मैं अखबार में आ जाऊं अब

इश्क़ भी रूह के रिश्तों का तलबगार नहीं
रूह बेताब है आकार में आ जाऊं अब

इस कदर भी न छुपा दिल की लगी दुनिया से
ये न हो मैं तिरे इनकार में आ जाऊं अब

कुछ नुमायाँ नहीं होता है मेरे चेहरे से
मेरी ग़ज़लों मेरे अशआर में आ जाऊं अब

उम्र भर चाँद की सोहबत में रहे हैं वरना
हम भी जुगनू की तरह रौशनी रखते साहिब

आँखें गर आप न यूं झील सी रखते साहिब
फिर भला हम भी कहां बेख़ुदी रखते साहिब

चाँद तारों की गली को नहीं जाते, गर वो
एक तस्वीर भी जो आप सी रखते साहिब

कोई तितली न कभी लगती गले से आकर
आप सूरत न अगर फूल सी रखते साहिब

उम्र भर चाँद की सोहबत में रहे हैं वरना
हम भी जुगनू की तरह रौशनी रखते साहिब

बर्फ है सीने में इक रोज़ पिघल जायेगी
संग तो हम भी दिलों में नहीं रखते साहिब

जब ये हसरत है कि शाने पे तुम्हारे सर हो
आरज़ू सीने में क्यों आख़री रखते साहिब

तेरे ख़याल का इक बीज मैंने बोया था
फिर उस ख़याल से कितने ख़याल निकले हैं

तेरे जवाब से क्या क्या सवाल निकले हैं
तमाम उम्र के गोया मलाल निकले हैं

किसी दराज़ से तेरे रुमाल निकले हैं
कि जैसे गुज़रे हुए माहो- साल निकले हैं

मैं एक मिसरे में सबके जवाब दे दूंगा
तेरी निगाह से जो ये सवाल निकले हैं

तेरे ख़याल का इक बीज मैंने बोया था
फिर उस ख़याल से कितने ख़याल निकले हैं

हमारा हाल अब उनसे ही जाके पूछो सब
गली से जिनकी हमारे ये हाल निकले हैं

ये सोचता था कि मैं मर ही जाऊंगा लेकिन
तेरे बग़ैर तो कितने ही साल निकले हैं

सामने जब भी खड़ा होता हूँ मैं शीशे के
मेरा चेहरा ही कोई दूसरा हो जाता है

⚫

आये दिन शह्र में ये हादसा हो जाता है
आपको देख ले जो आपका हो जाता है

इक पहल ही तो ज़रूरी है शुरुआत को बस
लोग जब चलते हैं तो रास्ता हो जाता है

जाने क्या बात है महफ़िल में मेरे आते ही
देखके मुझको वो चुपचाप सा हो जाता है

ख़ुद से बातें भी किया कर कभी तन्हाई में
मिलने जुलने से ज़रा राबता हो जाता है

एक मौक़ा भी मिलेगा न संभलने का तुम्हें
इश्क़ तो इश्क़ है बेसाख़्ता हो जाता है

सामने जब भी खड़ा होता हूँ मैं शीशे के
मेरा चेहरा ही कोई दूसरा हो जाता है

मेरी कोशिश कि उसे रूह सा महसूस करूँ
पर कोई मुझमें है जो जिस्म सा हो जाता है

इश्क़ का कोई मुसाफ़िर नहीं होता तन्हा
कुछ ख़याल आते हैं बस, क़ाफ़िला हो जाता है

हज़ार बार ज़माना भी हमको टोकेगा
हज़ार बार ज़माने की हम न मानेंगे

मैं रुक गया हूँ मगर अब क़दम न मानेंगे
किसी भी तौर ये मंज़िल से कम न मानेंगे

हज़ार बार ज़माना भी हमको टोकेगा
हज़ार बार ज़माने की हम न मानेंगे

मैं अपने आप को कैसे भी रोक लूं लेकिन
वो मुझको छोड़ दें ये तेरे ग़म न मानेंगे

बिछड़ रहे हो मगर अब ख़मोश ही रहना
हम ऐसी वैसी कोई भी क़सम न मानेंगे

फिर एक शाम को हमने भी कह दिया उनको
तुम्हारे बदले में हम तुमसे कम न मानेंगे

हर एक राह मेरी तेरी सम्त रहती है
कि अब किसी भी तरफ़ रास्ता नहीं जाता

नज़र से अक्स कभी आपका नहीं जाता
हैं साथ आप तो ये हौसला नहीं जाता

हर एक राह मेरी तेरी सम्त रहती है
कि अब किसी भी तरफ़ रास्ता नहीं जाता

हमारे दिल की हैं पगडंडियाँ बड़ी पतली
सिवा तुम्हारे वहाँ दूसरा नहीं जाता

बहुत लज़ीज़ हैं बातें तुम्हारी आँखों की
हमारे होठों से ये ज़ायक़ा नहीं जाता

रखे थे टांग के कितने ही अक्स दुनिया ने
हसीन चेहरा मगर आपका नहीं जाता

मिटे मिटे से हैं चेहरे तमाम रिश्तों के
जो अनकहा सा है वो राब्ता नहीं जाता

सुनो पहाड़ हवा से ज़रा ये कह देना
उसे वो कह दे जो मुझसे कहा नहीं जाता

न कोई प्लाट ही होता है और न क्लाईमैक्स
मेरी कहानी में किरदार भी नहीं होते

अब उन दिनों की तरह प्यार भी नहीं होते
ये ऐसे ख़्वाब हैं साकार भी नहीं होते

तुम्हारी यादों ने मारे नहीं हैं बंक कोई,
तुम्हारी यादों के इतवार भी नहीं होते. ये

खिड़कियाँ नहीं खुलतीं घड़ी के काँटों से
अब एक एक झलक प्यार भी नहीं होते

तुम्हारे ख़्वाबों से रिश्ते अज़ीब हैं अपने
रक़ीब रहते नहीं यार भी नहीं होते

हर एक शै में दिखाई वो मुझको देती हैं,
मेरी तलाश के आकार भी नहीं होते

बहुत ही ढीठ हैं, दिन रात गिर्द फिरते हैं,
तेरे ख़याल तो बीमार भी नहीं होते

न कोई प्लाट ही होता है और न क्लाईमैक्स
मेरी कहानी में किरदार भी नहीं होते

जब ये महसूस हुआ सबको कि मैं गूँगा हूँ
फिर मेरे बारे में हर आदमी खुलकर बोला

लोग बोले न किसी हाथ का पत्थर बोला
नाम क़ातिल का बहुत ज़ोर से मंज़र बोला

जब गुनाहों की गवाही भी मिटा डाली है
कौन है चीख़ के वो जो मेरे अन्दर बोला

जब ये महसूस हुआ सबको कि मैं गूँगा हूँ
फिर मेरे बारे में हर आदमी खुलकर बोला

फिर मुहब्बत से मुझे कोई शिकायत न रही
वो मुक़द्दर में नहीं जब ये, मुक़द्दर बोला

हो न हो हश्र से वाक़िफ़ नहीं है वो, वरना
कौन है जिसने यहाँ ख़ुद को सिकंदर बोला

झूठ था सच था वो अच्छा या बुरा जो भी था
ये ही क्या कम था कि वो शख़्स भी मुझ पर बोला

वही हैं इश्क़ मुहब्बत हैं जिस्म वो ही सब
बक़ौल मेरे कहीं कुछ नया नहीं रक्खा

अगर किसी से कोई वास्ता नहीं रक्खा
तो रास्ता भी कोई दूसरा नहीं रक्खा

तमाम शह्र ही ख़ुश है हमारे तेवर से
लिहाज़ हमने कभी आपका नहीं रक्खा

तमाम उम्र ही आँखों में उसकी झांका किये
कभी भी हमने कोई आइना नहीं रक्खा

कि ज़िन्दगी का हर इक दिन है आख़िरी अपना
यही समझ के जिये फ़लसफ़ा नहीं रक्खा

वही हैं इश्क़ मुहब्बत हैं जिस्म वो ही सब
बक़ौल मेरे कहीं कुछ नया नहीं रक्खा

मैं इस तरह से तेरे दिल में चल के आया हूँ
कि लौटने का कोई रास्ता नहीं रक्खा

बिछड़ के तुझसे कहीं दूर दूर तक हमने
कोई भी शख़्स तेरे नाम का नहीं रक्खा

एक पौधे पे चलो जल ही चढ़ाएं चलकर
ऐसा सुनते हैं वो तक़दीर बदल देता है

ऐसा रांझा है ये दिल, हीर बदल देता है
ज़ख्म खाता है मगर तीर बदल देता है

चंद लम्हात में तस्वीर बदल देता है
इश्क़ इंसान की तासीर बदल देता है

कौन लिखता है मुझे पूछ के देखूँ उसको
क्यों वो हर बार मेरा पीर बदल देता है

आँखों से गिरते हुये आंसू बड़ी क़ीमत के
इश्क़ होता है जिसे नीर बदल देता है

हो तअल्लुक़ कोई ऐसा कि इबादत जैसे,
कोई भी रिश्ता हो ज़ंजीर बदल देता है

इश्क़ जब होगा तो ग़म से भी मुहब्बत होगी
इश्क़ जिसको नहीं वो पीर बदल देता है

एक पौधे पे चलो जल ही चढ़ाएं चलकर
ऐसा सुनते हैं वो तक़दीर बदल देता है

लाज़िमी है ये बहुत अब के बुढ़ापे के लिये
एक शरवन रहे जो खीर बदल देता है

अभी अभी जो यहाँ टूटकर गिरी हैं "सुदेश"
हमारे ख़्वाब के जैसी हैं कांच की रातें

तुम्हारे नाम पे ठिठकी हैं अधबुझी रातें
मेरी किताब के पन्नो में ज़िन्दगी रातें

वो एक चाँद है जिसको सभी ने देखा है
हमारे चाँद से रौशन हैं अनकही रातें

वो एक हफ़्ता कि आँखों ने उसको देखा है
वो एक हफ़्ता कि नींदों से भागती रातें

किसी गली में भटकती हैं आज भी हरदम
वो खिड़कियों के कपाटों से झांकती रातें

तेरी मुंडेर पे बैठी हैं राह तकती हुईं
कबूतरों की ज़बाँ में वो बोलती रातें

तुम्हारे हाथ को ले लूं मैं हाथ में अपने
किसी सड़क पे टहलतीं वो ख़्वाब सी रातें

अभी अभी जो यहाँ टूटकर गिरी हैं "सुदेश"
हमारे ख़्वाब के जैसी हैं कांच की रातें

इमारतों के ये साए हैं छाँव की एवज़
पर एक ख़ौफ़ सा पौधों पे बैठ जाता है

अटारियों कभी छज्जों पे बैठ जाता है
तुम्हारा ख़्वाब तो पलकों पे बैठ जाता है

मुझे ये देख के बेहद अजीब लगता है
वो शख़्स हर कहीं घुटनों पे बैठ जाता है

मेरी तलाश है बच्चा, कहीं नहीं मिलता
उछल उछल के जो कन्धों पे बैठ जाता है

उकेरता हूँ मैं लहजा किसी ग़ज़ल का जब
कहीं से दर्द सा पन्नों पे बैठ जाता है

बहुत उमीद भी पाली न जाएँ लोगों से
वगरना बोझ सा रिश्तों पे बैठ जाता है

इमारतों के ये साए हैं छाँव की एवज़
पर एक ख़ौफ़ सा पौधों पे बैठ जाता है

ये ज़िंदगी मुझे लगती है ख़ुशनुमा सी जब
ये झुण्ड चिड़ियों का शाखों पे बैठ जाता है

ओढ़ता क्यों है आसमानों को,
इस जमीं के बदन में आया कर

○

मेरी आँखों से मन में आया कर
मुझसे मिलने सुख़न में आया कर

तू बदन है बदन सा मिलता है,
रूह सा अपने तन में आया कर.

लोग सच के नहीं रहे आदी,
आये तो पैरहन में आया कर.

अपनी आँखें टिका के मुझ पर तू,
रूह तक इस छुअन में आया कर.

अपनी मेहनत पे रश्क़ होता है
ऐ पसीने थकन में आया कर

ओढ़ता क्यों है आसमानों को,
इस जमीं के बदन में आया कर

इल्तिजा रूह तुझसे करता हूँ
मेरे हर्फ़े-सुख़न में आया कर

तुम्हारे इश्क़ ने मुझको अरूप कर डाला,
मैं मिट्टियों की तरह हूँ कुम्हार जैसी तुम

०

हवा की रागिनी जैसी मल्हार जैसी तुम
कि बारिशों की हो पहली फुहार जैसी तुम

तुम्हारे इश्क़ ने मुझको अरूप कर डाला
मैं मिट्टियों की तरह हूँ, कुम्हार जैसी तुम

मुहब्बतें तो चढ़ीं हैं नशे नशे की तरह
तमाम उम्र रहोगी ख़ुमार जैसी तुम

हैं तार इश्क़ के तो राग दर्द का होगा,
गिटार जैसा हूँ मैं तो सितार जैसी तुम

मुझे ख़बर है पलटकर तुम्हें न आना है,
कि आदतों से हो मेरे क़रार जैसी तुम

तुम्हें भी तुमको मैं वापस न दूंगा चाह के भी
मुझे पसंद नहीं हो उधार जैसी तुम

तुम्हारे दोस्त सा मैं इश्क़ में हुआ हूँ अब,
रहा करो न ! मुहब्बत में यार जैसी तुम

हम हैं बीहड़ की तरह एक घने जंगल में
आप आते हैं तो घरद्वार से हो जाते हैं

लोग मरते हैं तो अख़बार से हो जाते हैं
किसी हस्ती किसी किरदार से हो जाते हैं

जाने क्यों ख़ुद में नहीं रहता कोई दुनिया में,
लोग ख़ुद ही किसी दीवार से हो जाते हैं

सोचता हूँ तो मुझे अच्छा नहीं लगता सच
रिश्ते नाते भी तो व्यौपार से हो जाते हैं

हम हैं बीहड़ की तरह एक घने जंगल में
आप आते हैं तो घरद्वार से हो जाते हैं

सात पुश्तों में हमारी कोई मैकश न रहा
तुमसे मिलते हैं तो मयख़्वार से हो जाते हैं

यूँ तो बिकना नहीं फ़ितरत में हमारी लेकिन
ऐसी नज़रें हैं कि बाज़ार से हो जाते हैं

नज़र कि अटकी रही जिस्म के किनारों पर
कभी यूँ हो कि नज़र आये आर पार मुझे

मैं जी रहा हूँ अगर, तो हो एतिबार मुझे
कभी तो आके रुलाये वो ज़ार ज़ार मुझे

हैं ख़्वाहिशें कि मेरा दिल हज़ारहा टूटे
ये आरज़ू है कि हो इश्क़ बार बार मुझे

नज़र कि अटकी रही जिस्म के किनारों पर
कभी यूँ हो कि नज़र आये आर पार मुझे

उलझ के रह गयीं मुझमें हज़ारहा राहें
तेरी गली ने बुलाया है बार बार मुझे

मैं इक नज़र में तेरा हो चुका हूँ सदियों से
जरा सा दे दे कभी मुझको तू उधार मुझे

मैं अपनी क़िस्म का दुनिया में हूँ अनोखा ही
किया न कर किसी फेहरिस्त में शुमार मुझे

बुरा नहीं हूँ मैं जैसा कि तूने सोचा है
गले लगा तो सही आकर एक बार मुझे

मैं जिस्म हूँ कि मुझे रूह से मिलाने को,
फिर एक बार मुहब्बत से तू पुकार मुझे

चिनार उसको निहारा करता घर से आती सड़कों पर
मैं इस पत्थर पे उसका बैठ कर रस्ता तका करता

वो मुझमें ही जिया करती मैं उस पर ही मरा करता
उसे मुझसे मुहब्बत थी ,मैं इश्क़ उसको किया करता

उसे अच्छे लगा करते वो जो हैं सुर्ख से कुछ फूल
मैं उसके उन हसीं होठों पे अक्सर ही मरा करता

वो उस नमकीन से चेहरे पे रखती थी मिठासें–सी
मैं उसकी कत्थई सी आँखों को पहरों पढ़ा करता

चिनार उसको निहारा करता घर से आती सड़कों पर
मैं इस पत्थर पे उसका बैठ कर रस्ता तका करता

वो कत्थई शाल में लिपटी चली आती लिये ख़ुद को
मैं उसको देखकर हर बार ही हैराँ हुआ करता

वो मुझ पर झुक सी आया करती थी चलते हुए अक्सर
मैं उसकी सन्दली ख़ुशबू से बेख़ुद सा हुआ करता

लजाकर कुछ दहक उठते ये पत्ते हुस्न से उसके
कलेजों पर चिनारों के मैं नाम उसका लिखा करता

मैं उसके गोरे नाज़ुक पांव अपनी गोद में रखता
तो उस पाज़ेब का घुँघरू मेरी साँसें सुना करता

ग़ैर से ज़ख़्म जो खाये हैं गिला उनका नहीं
यार की बात ज़रा सी है तो शिकवा है बहुत

जब भी पूछा है मेरा हाल वो रोया है बहुत
कुछ नहीं कहता मगर फिर भी तो कहता है बहुत

उम्र गुज़री है मेरी, सोच न पाया ख़ुद को
तुझको ऐ यार अगर सोचा तो सोचा है बहुत

जाने क्यों दर्द उसी से हुए मुझको हासिल
एक वो शख़्स जो अच्छा मुझे लगता है बहुत

ग़ैर से ज़ख़्म जो खाये हैं गिला उनका नहीं
यार की बात ज़रा सी है तो शिकवा है बहुत

इश्क़ में तेरे ये मालूम हुआ है हमको
दर्द होता है अगर दिल में तो होता है बहुत

ये अलग बात कि होठों से नहीं कह पाये
पर ये सच है कि उसे टूट के चाहा है बहुत

न जाने कौन सी मिटटी के आँसू हैं मेरे
अगर न दर्द में पूछा क़रार में आ गये

तुम्हारी झील सी आँखों के प्यार में आ गये
हमें ख़बर न थी हम भी खुमार में आ गये

सुना है हमने कि हम भी क़तार में आ गये
नहीं ये कम कि हम उनके शुमार में आ गये

खिले हुये हैं अभी दर्द के गुलाब यहाँ
वो याद हमको फिर अबके बहार में आ गये

न जाने कौन सी मिटटी के आँसू हैं मेरे
अगर न दर्द में पूछा क़रार में आ गये

तमाम उम्र गुज़ारी नहीं सुनी अपनी
मगर ये क्या कि तेरे इख़्तियार में आ गये

तू ज़िन्दगी के किसी मोड़ पर मिले शायद
हम इस सफ़र पे तेरे इंतज़ार में आ गये

मैंने जेबों में भरी हैं कई सदियाँ उसकी
एक लम्हा भी सलीक़े से न रक्खा उसने

अपनी आँखों में क़रीने से न रक्खा उसने
इश्क़ था, मुझको, तरीक़े से न रक्खा उसने

मेरी साँसें भी मुझे छोड़ के जाती थीं कहीं
जब लगाकर मुझे सीने से न रक्खा उसने

मैंने जेबों में भरी हैं कई सदियाँ उसकी
एक लम्हा भी सलीक़े से न रक्खा उसने

इश्क़ था उसको वो हर हाल में ख़ुश रहता था
कोई शिकवा कभी जीने से न रक्खा उसने

जिसने देखे हैं समंदर तेरी इन आँखों के
वास्ता कोई सफ़ीने से न रक्खा उसने

चाँद तकती थी वो रातों में उसे आँखें मेरी
एक रिश्ता था दरीचे से, न रक्खा उसने

हमने सोचा था कि शायद है अकेली आई
ज़िन्दगी साथ में लेकर तू पहेली आई

•

हमने सोचा था कि शायद है अकेली आई
ज़िन्दगी साथ में लेकर तू पहेली आई

अब रिलेशन में थी बेबी, था लिव इन जैसा कुछ
काला मुँह इश्क़ में करके ये चमेली आई

ब्याह सखियों के हुए सबको मिले घर अपने
एक मासूम के हिस्से में हवेली आई

एक दिन ख़्वाब से जागा तो वो दुनिया ही न थी
एक दिन हल्दी रची कोई हथेली आई

घर में घबराते हैं सब जान निकल जाती है
बेटी मैके में अगर घर से अकेली आई

तमाम उम्र कटी है, बदन टटोले हैं
सुने हैं जिस्म फ़क़त, रूह से अबोले हैं

तमाम उम्र कटी है, बदन टटोले हैं
सुने हैं जिस्म फ़क़त, रूह से अबोले हैं

कहाँ से पनपे कोई रिश्ता ऐसी हालत में
ज़ुबां पे तल्ख़ी निगाहों में आग शोले हैं

बहुत बड़ी सी इमारत में रहने वालों के
पता चला है कि दिल तो बहुत मंझोले हैं

कहाँ मिला है परिंदे को आसमां अपना
बुझा के हौसले जिसने ये पर ही खोले हैं

हर इक नज़र से फ़ज़ा कितनी ख़ूबसूरत है
तुम्हारे इश्क़ ने क्या क्या ये रंग घोले हैं

तू एक है मुझे क्या फ़िक्र तेरे आने की
तेरे ख़याल के सौ सौ उड़न खटोले हैं

चाँद तुम्हीं रख लेना
तोड़ के लाता हूँ मैं

इश्क़ सिखाता हूँ मैं
दर्द जगाता हूँ मैं

चाँद तुम्हीं रख लेना
तोड़ के लाता हूँ मैं

सोच न ऐसे मुझको
नींद चुराता हूँ मैं

मुझमें तू आ बेखटके
रोज़ बुलाता हूँ मैं

मुझको रख होंठों पर
राग सुनाता हूँ मैं

झाँक ज़रा आँखों में
अक्स चुराता हूँ मैं

इश्क़ का कहना है ये
दिल ही जलाता हूँ मैं

मीठा हो दिल शायद
अश्क बहाता हूँ मैं

अब समझदार मुझे कहती है दुनिया, लेकिन
मेरे भीतर कोई मुश्किल सा हुआ जाता है

इस क़दर हौले से दाख़िल सा हुआ जाता है
वो मेरी रूह में शामिल सा हुआ जाता है

कोई तो याद है उसकी है जो मेरी मुझको
हाँ, किसी तौर वो हासिल सा हुआ जाता है

पांव रक्खे हैं अभी उसने मेरे कमरे में
सारा माहौल ही माइल सा हुआ जाता है

अब समझदार मुझे कहती है दुनिया, लेकिन
मेरे भीतर कोई मुश्किल सा हुआ जाता है

वो ज़रा देर का कहकर तो गये हैं लेकिन
लम्हा लम्हा यहाँ क़ातिल सा हुआ जाता है

कोई मुझमें कहीं पढ़ता है मुहब्बत का निसाब
कोई लेकिन है जो जाहिल सा हुआ जाता है

मेरे हालात पे रोया कोई पढ़कर मुझको
मुझमें शाइर कोई कामिल सा हुआ जाता है

तुम्हारे बाद ग़मों के लगे हैं जमघट से
वो जो दरार थी मुझमें किवाड़ हो गई क्या

नज़र की बात जो थी तिल से ताड़ हो गई क्या
तो हिज्र की वो घड़ी भी, पहाड़ हो गई क्या

तो खेल खेल में तुम कर गये मुहब्बत सी
तो ज़िन्दगी भी तुम्हारी ,तिहाड़ हो गई क्या

चला रहे हो किसी भी तरह से इसको क्यों
वो जो थी जीने की हसरत, जुगाड़ हो गई क्या

तुम्हारे बाद ग़मों के लगे हैं जमघट से
वो जो दरार थी मुझमें किवाड़ हो गई क्या

मैं चीख़ता हूँ तो मुझको मेरी सदा आये
तो मेरे दिल की ये बस्ती उजाड़ हो गई क्या

तो बच गये हैं सभी फिर से क़त्ल करके भी
तो फिर निज़ाम की इनको भी आड़ हो गई क्या

किसी के काम नहीं आते अब तो यारा तुम
कहीं वो हस्ती तुम्हारी भी ताड़ हो गई क्या

जो दूब भी नहीं उगती है छांव में उनकी
पनप रही थी जो कोंपल वो झाड़ हो गई क्या

मैं दुनिया के सूरज का कायल न था
मेरे पास जुगनू हमेशा से था

ये झोंका-ए-ख़ुशबू हमेशा से था
कि मुझमें कहीं तू, हमेशा से था

मैं अक्सर ही गुम हो गया हूँ कहीं
तेरी छब का ज़ादू हमेशा से था

मैं दुनिया के सूरज का कायल न था
मेरे पास जुगनू हमेशा से था

अगर तुम नहीं तो नहीं कोई और
मेरा इक ये पहलू हमेशा से था

मैं ख़ुद से मुहब्बत किया करता था
मुझे शौक़े-उर्दू हमेशा से था

थे इस ज़िन्दगी के नये अर्थ भी
ख़ुशी का ये आँसू हमेशा से था

एक दिन कह दिया मैंने सब कुछ उसे
और फिर जैसे सब अनकहा रह गया

बेनमक बेमज़ा अटपटा रह गया
बिन तेरे जीना कुछ अनमना रह गया

जिनमें तू थी वो लम्हे हुए ज़िन्दगी
वक़्त सारा तेरे बाद का रह गया

उगते सूरज की वो सुब्ह लेकर गई
मैं भी ढलती हुई शाम सा रह गया

इस क़दर कम हुआ मुझसे मैं तेरे बाद
मुझमें शायद कोई दूसरा रह गया

एक दिन कह दिया मैंने सब कुछ उसे
और फिर जैसे सब अनकहा रह गया

तेरी बातों के सब छौंक थे जीने में
बाद तेरे कोई ज़ायक़ा रह गया

देखकर जब उसे मैंने देखा नहीं
फिर तो वो मुझको ही देखता रह गया

वक़्त जब ढल गया उम्र जब हो गई
हर किसी हाथ में आइना रह गया

एक वो दौर था जब घर में थी रौनक़ मुझसे
अबके बेकार सा सामान हुआ जाता हूँ

कौन आता है कि वीरान हुआ जाता हूँ
ऐसा उलझा हूँ कि आसान हुआ जाता हूँ

इक नज़र देख लिया कर तू, बहाने से मुझे
देर करता है तो बेजान हुआ जाता हूँ

एक वो दौर था जब घर में थी रौनक़ मुझसे
अबके बेकार सा सामान हुआ जाता हूँ

मुझसे मिलके तू मुझे भूल नहीं सकता अब
ग़ौर से देख तेरी जान हुआ जाता हूँ

पढ़ गया दर्द कई बाँच लिये अश्क कई
ऐसा लगता है कि इंसान हुआ जाता हूँ

तेरे बाद तेरी तलाशी में, जानां
मुझे हर कोई जिस्म का सा लगा है

मैं मुझमें जो उतरा नया सा लगा है
वो जो पहले था दूसरा सा लगा है

कई दफ़अ मैं इश्क़ में था तो लेकिन
कई दफ़अ ये अटपटा सा लगा है

तेरे बाद तेरी तलाशी में, जानां
मुझे हर कोई जिस्म का सा लगा है

कई बार मुझको हुआ है ये महसूस
जिया ही नहीं जो जिया सा लगा है

कोई सोच उसको ख़ुदा कर गई थी
नज़र थी कि सूरज दिया सा लगा है

मिले लाख पीरों फ़क़ीरों से लेकिन
हर इक लफ़्ज़ माँ का दुआ सा लगा है

मेरा इक घर, ये भी था और वो भी घर, मेरा ही है
बदलने से मकाँ कोई मुहाजिर तो नहीं होता

ये आँखें गर न होतीं कोई मुख़बिर तो नहीं होता
छुपा रहता दिलों में सब यूँ ज़ाहिर तो नहीं होता

बड़े से दर्द होते हैं बड़ी सी चोट मिलती है
कि आसानी से पैदा कोई शाइर तो नहीं होता

मेरा इक घर, ये भी था और वो भी घर ,मेरा ही है
बदलने से मकाँ कोई मुहाजिर तो नहीं होता

ये माना आइना दिल का हुआ करता है ये चेहरा
मगर सब कुछ ही इस चेहरे से ज़ाहिर तो नहीं होता

वो तेरी बात ही कुछ और थी जो इश्क़ कर बैठे
कि हर इक शख़्स तेरे जैसा साहिर तो नहीं होता

रोज आँखों से तुझे यूँ पढ़ पढ़कर
जैसे आयत सी कोई रट ली मैंने

शक्ल जब रात कहीं रख दी मैंने
तेरी बकवास बहुत मिस की मैंने

एक मिसरे में कहीं तो देखी है
तेरे कानों की कोई झुमकी मैंने

मेरे महबूब की तस्वीरें निकलीं
कल रिदा चाँद की जब झटकी मैंने

रोज आँखों से तुझे यूँ पढ़ पढ़कर
जैसे आयत सी कोई रट ली मैंने

उसके होठों को छुआ है होठों से,
ज़िन्दगी आज यूँ ही पढ़ ली मैंने.

नाम जिसमें तेरा आया करता था
एक मिसरे से मुहब्बत की मैंने

हमने घर इसलिए भी तोड़े हैं
पानी ईशान में नहीं आता

शह्र पहचान में नहीं आता
कोई सुर तान में नहीं आता

गुलमुहर ने बताया मुझको, तू
आजकल लॉन में नहीं आता

अब तो वो कपड़ों के बहाने से
अपने दालान में नहीं आता

मुझसे मिलना तेरा सुना है अब
ज़ेरे-चालान में नहीं आता

हमने घर इसलिए भी तोड़े हैं
पानी ईशान में नहीं आता

उम्र भर चेहरे ही पढ़े मैंने
कोई मीज़ान में नहीं आता

रातें भी रोती हैं साथ
रातों में यूं रोना छोड़

अब तू ऐसा वैसा छोड़
उसका मेरा क़िस्सा छोड़

देखूं तो दुनिया का दम
मुझको थोड़ा खुल्ला छोड़

तेरा उसका जूता एक
बेटे को अब कहना छोड़

दौलत है अब तेरे पास
मेरे दिल में रहना छोड़

बुझती जाती है सिगरेट
अब तो उसका चर्चा छोड़

अरसे बाद उसने बोला
अब तो मेरा पीछा छोड़

रातें भी रोती हैं साथ
रातों में यूं रोना छोड़

मुझे चाहा वो करती थी उसे चाहा मैं करता था
बहुत ही ख़ूबसूरत ख़्वाब ये, देखा मैं करता था

•

वो बेहद ख़ूबसूरत थी उसे लिक्खा मैं करता था
वो अक्सर नज़्म हो जाती जिसे चूमा मैं करता था

कोई तो बात थी उसमें, जो पागल मुझको करती थी
था कुछ ऐसा कि उसको टूटकर चाहा मैं करता था

वो उस ओर से आती थी कॉलिज के लिए वो रोज
यहाँ इस पेड़ से टिककर उसे ताका मैं करता था

कभी वो देख लेती मुस्कुराकर कनखियों से भी
कभी यूँ ही बहानों से उसे झाँका मैं करता था

वो इस पत्थर पे अक्सर बैठकर गप्पें लड़ाती थी
तो उसके सामने से बेसबब गुज़रा मैं करता था

मेरे बारे में पहरों सोचती रहती थी वो अक्सर
बड़ी रातों तलक जगकर उसे सोचा मैं करता था

मुझे चाहा वो करती थी उसे चाहा मैं करता था
बहुत ही ख़ूबसूरत ख़्वाब ये, देखा मैं करता था

कभी रातों से घंटों बैठकर करता था उसकी बात
कभी क़िस्से भी उसके चाँद से साझा मैं करता था

बड़े तपाक से तस्वीर तेरी फाड़ी थी
नज़र बचा के वो पुर्ज़े जमा किये हमने

तमाम उम्र ये रिश्ते जमा किये हमने
तुम्हारी यादों के सिक्के जमा किये हमने

हर एक शख़्स ने माँगी है शक्ल हमसे नई
हर इक मिज़ाज के चेहरे जमा किये हमने

कमा कमा के गुज़ारी है उम्र तब जाना
ये कागज़ों के ही टुकड़े जमा किये हमने

बड़े तपाक से तस्वीर तेरी फाड़ी थी
नज़र बचा के वो पुर्ज़े जमा किये हमने

तुझी से इश्क़ हमें, इश्क़ है तुझी से हमें,
तमाम उम्र के क़िस्से जमा किये हमने

हमारी ज़िंदगी के अक्स उकेरने के लिए
तुम्हारे साथ के लम्हे जमा किये हमने

मेरी साँसों को उजासों से भरे है ये पलाश
कोफ़्त होती है सजावट के गुलाबों से मुझे

झुर्रियां ओढ़ चुकी चंद किताबों से मुझे
मिल गया इल्मो-अदब सर्द ख़राबों से मुझे

चिल्ल पौ करते हैं बच्चे तो सुकूँ मिलता है
राग मिलते हैं इन्हीं शोर शराबों से मुझे

मेरी साँसों को उजासों से भरे है ये पलाश
कोफ़्त होती है सजावट के गुलाबों से मुझे

कोई मिलता नहीं, होता नहीं पैकर वरना
सूरतें हाथ हिलाती तो हैं ख़्वाबों से मुझे

नफ़अ नुक़सान की मद में मुझे बाँटें हैं सब,
खेंच लाओ कोई आख़िर तो हिसाबों से मुझे

इक भरोसा कि किसी को कभी देखा ही नहीं
झाँकता होगा वो इक चेहरा नक़ाबों से मुझे

तेरी गलियाँ बहुत अच्छी लगे हैं
तेरी खिड़की अटारी से हुआ इश्क़

तेरी इस इंतजारी से हुआ इश्क़
मुझे अब बेक़रारी से हुआ इश्क़

तेरी गलियाँ बहुत अच्छी लगे हैं
तेरी खिड़की अटारी से हुआ इश्क़

मैं तन्हाई में भी तन्हा नहीं हूँ
तेरी मुझमें शुमारी से हुआ इश्क़

हमारी मस्त मौला ज़िन्दगी को
तुम्हारी यादगारी से हुआ इश्क़

हुई जाती है कान्हा को मुहब्बत
कि अब बरसाने वारी से हुआ इश्क़

तुझे मैं तुझको अब दे दूँ कहाँ से
मुझे अब लेनदारी से हुआ इश्क़

अपनी मुहब्बतों को जताने के वास्ते
हाथों में मैंने रख लिया वो हाथ देर तक

कल रात उसने मुझसे न की बात देर तक
मेरी ग़ज़ल सिसकती रही रात देर तक

आते रहे थे उनके ख़यालात देर तक
नींदों से भागते रहे हम रात देर तक

आँखों में आंखें डाल के की बात देर तक
यूँ भी हुईं हैं उनसे मुलाक़ात देर तक

सूखा नहीं है मन भी ये, भीगी है रूह भी
होती रही है आँखों से बरसात देर तक

अपनी मुहब्बतों को जताने के वास्ते
हाथों में मैंने रख लिया वो हाथ देर तक

हम कि दुनिया को बदलने के लिये निकले थे
एक लड़की की मुहब्बत में हुए क्या से क्या

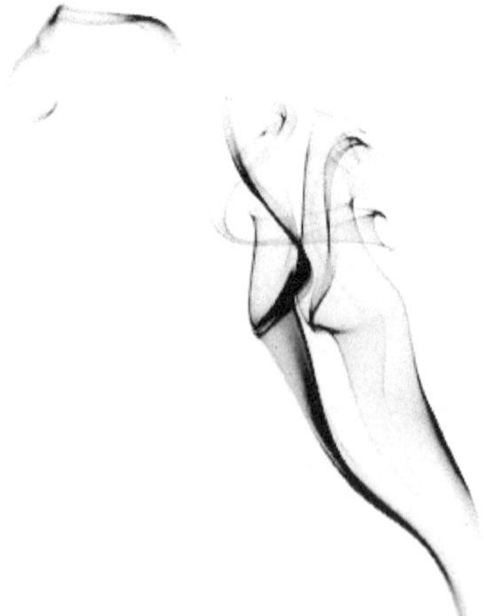

○

हम तेरे इश्क़-मुहब्बत में हुये क्या से क्या
अपने जीने की इस आदत में हुये क्या से क्या

हम कि दुनिया को बदलने के लिये निकले थे
एक लड़की की मुहब्बत में हुए क्या से क्या

ज़ायक़ा अब तो ये जाने से रहा जीते जी
हम भी इस इश्क़ की लज़्ज़त में हुए क्या से क्या

हर्फ़ दर हर्फ़ मआनी से घुले हम तुझमें
तेरी आँखों की इबारत में हुये क्या से क्या

मैं भी दुनिया की तरह दुनिया का हिस्सा निकला
उसने इक रोज़ मुझे ग़ौर से पढ़कर देखा

यक ब यक जब भी कभी तुझको पलटकर देखा
देखता है तू मुझे मैंने ये अक्सर देखा

ख़ूबसूरत था वो इतना कि उसे मैंने फिर
दूर तक और बड़ी देर ठहरकर देखा

सोचकर ये कि मुझे तू भी पलटकर देखे
दूर तक तुझको कई बार पलटकर देखा

मैं भी दुनिया की तरह दुनिया का हिस्सा निकला
उसने इक रोज़ मुझे ग़ौर से पढ़कर देखा

उस हसीं सुब्ह का मंज़र नहीं हटता अब भी
जब उसे मैंने टहलते हुए छत पर देखा

कुलबुलाने सी लगी कोई नदी मुझमें भी
जब तेरी आँखों में मैंने ये समन्दर देखा

ये भी मालूम हुआ दूर कहीं रहती है
जब उसे पहली दफ़ा आँखों ने छूकर देखा

दिल अजब से किसी अहसास से गुज़रा है अभी
फिर वही शख़्स मेरे पास से गुज़रा है अभी

दिल अजब से किसी अहसास से गुज़रा है अभी
फिर वही शख़्स मेरे पास से गुज़रा है अभी

उम्र भर के लिए ये रूह मुअत्तर हुई है
ज़िकर उसका मेरे हस्सास से गुज़रा है अभी

उसने शायद मेरी तस्वीर को चूमा होगा
दिल समंदर की तरह प्यास से गुज़रा है अभी

एक ताज़ी सी हवा रूह में आकर ठहरी
इक खयाल उसका मेरी सांस से गुज़रा है अभी

तर्जुमा –ए- हर्फ़े –इबादत की वहीं मंज़िल है
कोई प्रेयर कोई अरदास से गुज़रा है अभी

मेरी ग़ज़लें तेरे उस पीले दुपट्टे से मिलीं
मेरा लहजा भी अमलतास से गुज़रा है अभी

नज़्में

देर तक रात में मैं जाग के लिखता हूँ उसे
उसने वो चाय की प्याली रखी है टेबल पर।
वो हमेशा की तरह अब भी तो है चुपचुप सी ही
मुझको डिस्टर्ब नही करती है थोड़ा सा भी
और मैं भी कभी महसूस नही करता हूँ
उसका आना मुझे भरता है मुहब्बत से भी
वो मेरे बालों को सहलाती है हल्के हल्के
और माथे के ज़रा नीचे दबाती है भौंह
डायरी पर मेरी रुकती हैं उचटती नज़रें
फिर ज़रा देर ठहर कर चली जाती है वो
अपने कमरे में मेरी नींद को लेकर सोने
अब ग़ज़ल को ये नये हर्फ़ गढ़ेंगे शायद
अब मुहब्बत में कहीं चाय की चुस्की होगी
इश्क़ में ज़ायके अदरक के मिलें भी शायद
प्यार मुहताज न हो अर्थ को अल्फ़ाज़ का फिर
रेड लेबल हो कि वो ताज़महल या कुछ भी
उसने वो चाय की प्याली रखी है टेबल पर
इक मुहब्बत का नया तर्जुमा रक्खा है अभी

●

उसे छातियों में तलाशा है सबने
उसे कूल्हों में ही तो ढूंढा है सबने
उसे चाँद, नगमा, किनारा, कहा है
कभी फूल, तितली, सितारा कहा है
कभी होंठ उसके रसीले हुए हैं
कभी नैन उसके नशीले हुए हैं
यहाँ रूह देखी नहीं है किसी ने
यहाँ देह भी कोई सामान ही है
फ़क़त जिस्म का वो ज़ज़ीरा नहीं है
हमारी तरह वो भी इंसान ही है
उसे खोजने का तरीका गलत है
उसे देखने का सलीका गलत है
पता उसका पगडंडियाँ जिस्म की क्यों
वो इंसान है उसको इंसान कर दो
हटा दो ये तशबीह की तर्जुमानी
उसे उस सा रहने दो आसान कर दो

ज़ुल्फ़, शब, चाँद,जुदाई के सिवा और नहीं
ज़िन्दगी इसके सिवा तुझको लिखा और नहीं

ढँक नहीं पाते हैं अस्मत को निगाहों के लिबास
और फिर भूख भी परचम कोई लहराती है,
मैं हुआ रहता हूँ पहरों कि हिरासां ख़ुद से
जब वो बेवा किसी बच्ची को लिये जाती है
उम्र से अपनी बड़े होते हुए वो बच्चे
पेट की थाली परोसा किये जाएँ सबको
और वो भूख भरी आँखों से बोझल सांसें
हर निवाले का हवाला दिये जाएँ सबको
कोई खामोश सा इलज़ाम दिए जाती है,
एक ख़ुश्बू में कहीं भूख बिखर जाती है
कोई चहरा कि कोई जिस्म नहीं होती है
ज़िन्दगी शक्ल में रोटी सी नज़र आती है

अपने लिक्खे पे नदामत सी मुझे आती है
ज़ुल्फ़, शब, चाँद,जुदाई के सिवा और नहीं
ज़िन्दगी इसके सिवा तुझको लिखा और नहीं

सब्ज़ियां काट के दे देता हूँ, उसको
लहसुन छील देता हूँ
कभी काट दिया करता हूँ मिर्च और प्याज़ भी,
वो छौंक लगा देती है

जब लगाती है वो खाना
मैं बिना कुछ बोले खा लिया करता हूँ
चुपचाप बिना कोई इक शब्द तारीफ़ में उसको कहे
और वो भी तो ज़ायके पढ़ती है अन्दाज़ से मेरे सारे

जब वो सोयी हुई रहती है कभी गहरी नींद
देखता हूँ , अपलक उसको मैं, तन्मयता से
जब किचन में वो नए स्वाद पकाती है,
तब हर ग़ज़ल उसको पिरोती है नज़र में अपनी
अपने कानों में पहनती है वो जब भी बाली
अपने दाँतों से दबाकर कोई क्लिप हौले से जब बनाती है वो
जूड़ा सा कोई बालों में
जब सुखाती है वो टॉवेल से भीगे हुए बाल
देर तक देखना उसको मुझे भाता है बहुत
जब वो कहती है तो मैं ठीक किया करता हूँ,फाल साड़ी का
लगा देता हूँ हुक कुर्ती के
हल्के से उसको कभी छू भी लिया करता हूँ
है बस इतनी सी मुहब्बत
कभी मैंने उसको ये कहा तो नहीं
लेकिन ये मुहब्बत इतनी सी है

www.ingramcontent.com/pod-product-compliance
Lightning Source LLC
LaVergne TN
LVHW100331181026
850499LV00039B/1041
* 9 7 8 9 3 8 6 6 1 9 1 2 9 *